DER GESCHMACK NACH MELONE

1

Presented by
ETSUKO

Inhalt

DER GESCHMACK NACH MELONE 1

Lebst du allei-ne...
... Nakajo?

Hä...
Ja, tu ich.
Hihi.
Ohoho!
Das passt ja wie Arsch auf Eimer.
Gruselige Lache.
Wa-rum?!
Dann bist du genau mein Typ Mann!!
O... kay...?!
Sag ihm doch dein Anliegen.
Anliegen?
Das bleibt hier unter uns, klar?
Heute...

... haben meine Freundin und ich uns getrennt.
Das tut mir leid.
Wir wohnten zusammen in ihrer Wohnung...
... daher wurde ich mit all meinen Sachen rausgeworfen.
...
Aha...

Und jetzt suche ich für ein Weilchen einen Schlafplatz.
Oh?! Jetzt verstehe ich es!
Nein. Kommt nicht infrage!
Warum bei mir? Und nicht beim Chef?!!
Der hat mehr Platz. Das ist viel besser!
Woher willst du das wissen? Meine Frau ist...
... dagegen und wir haben auch Kinder...
Ich kann unmöglich deiner Frau zur Last fallen.
HUST
Ihr seid im gleichen Alter und solltet super als Mitbewohner zusammenpassen.
Sind wir wirklich gleich alt?
Hey, krieg ich noch ein Bier?
Und was heißt denn »super«?

Haben Sie denn keine Freunde?!
Die sind inzwischen fast alle im heiligen Bund der Ehe.
Und was ist mit anderen Frauen?
Ich bin gera- de frisch Single...
Ich will nicht gleich wieder eine Beziehung eingehen.
Kiuchi, du bist auch ganz brav, oder?
Ja.
Hörst du...
... Nakajo?

Äh... Wie...?!

HUST
Habe ich Sie warten lassen?
Gar nicht.
Es ist kalt heute.
Ich wohne ganz nah.
Echt? Sollen wir dann noch einen trinken gehen?
Ich gebe einen aus.

Nanu?
Verträgst du...
... etwa keinen Alkohol?
Doch.
Ich werde nur rot.
Wirklich?
Und trotzdem hast du mir Gesellschaft geleistet?

Wegen der Trennung heute.
Ich dachte, da will man sich vielleicht besaufen.
Aber Sie reden ja nicht davon.
Na, egal.
Ach so.
Sorry. Du bist nett.
Nicht doch...
Hä?!

Wie...? Sie weinen ja?
Entschuldige. Ich bin nah am Wasser gebaut.
Was? Wie lästig.
Oh, das gefällt mir.
Rede so mit mir, wie mit einem Kumpel.
Du scheinst ja ähnlich alt zu sein.
Ist das so?
Aber Sie sind ein Stammkunde, also...
Ach wo! Quatsch!
Ich bin doch bereits dein ♡ Mitbewohner ♡!

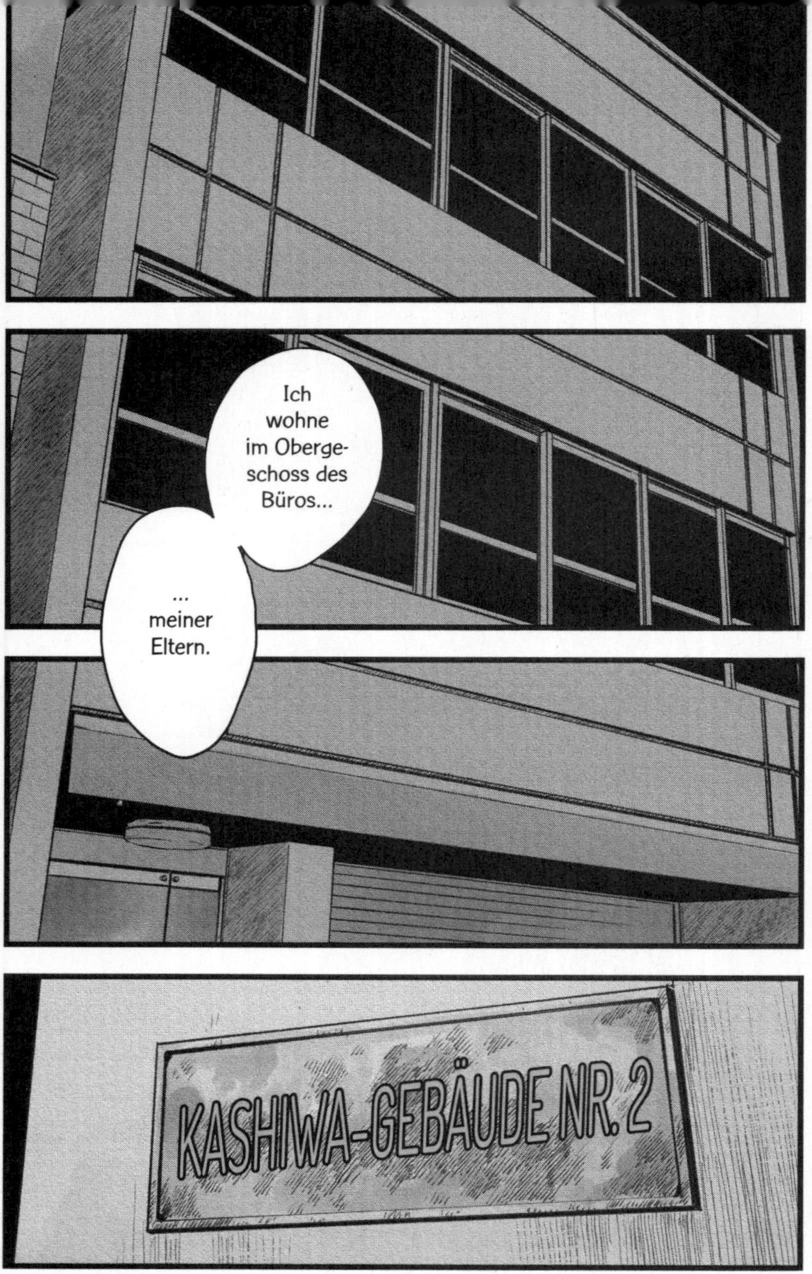
Ich wohne im Oberge-schoss des Büros...
... meiner Eltern.
KASHIWA-GEBÄUDE NR. 2

Aha? Gibt es denn auch ein Bad?
Ja.
Es wurde als Wohnung umgebaut.
Es gibt aber leider keinen Fahrstuhl.
Alles klar.
Toll, so ein Zuhause.
KASHIWA-GEBÄUDE N
2. ETAGE
1. ETAGE
AKTIENGE
PARTERRE
AK
Ganz außergewöhnlich.
Wie lange wohnst du hier?
Etwa drei Jahre.
Seitdem ich die jetzige Arbeit mache.
Wie süß!

Was?! Was ist das für ein Luxus?! Ich bin baff.
Das soll ein Bürohaus sein? Sieht wie ein normale Wohnung aus!
Naja, ich wohne ja auch hier.

Sieht alles super aus!
Und so ordentlich.
Das bringt mir sicher Glück.
Glück?
Und für ein Büro-haus...
... ist es warm hier.
Man muss kaum heizen.
Stimmt. Es ist gut gedämmt.

Gut, dass ich zu dir gekommen bin!
Trotzdem bitte ich Sie, schnell eine Bleibe zu suchen.
Hihi.
Jawohl.

W
WW

RATSCH
Danke für die Dusche.

Soll ich auflas-sen?
Nein, bitte schließen.
Sie sind also der Typ, der so was fragt.
Wie? Was meinst du damit?
Mit Ihnen könnte ich vielleicht zusammen-leben.
Hahaha. Was soll das denn?

Ich mag es nicht, wenn jemand meine Regeln miss-achtet.
Zum Beispiel, das gebrauch-te Handtuch einfach hier hinwerfen und so.
Aber es ist lästig, das immer sagen zu müssen.
Wenn Sie fragen, ist es einfacher für mich.
Haha, stimmt.
Übrigens, hast du eine Freundin?

Ich habe jemanden, mit dem ich zusammen bin.
Das habe ich mir doch gedacht!!
Tut mir leid, dass ich dir so auf die Pelle rücke.
Gib mir Bescheid, wenn ihr zu Hause Sex habt.
Dann komme ich nicht zurück.
Nein, das tu ich sicher nicht.
Ist aber etwas sehr Wichtiges!
Darum geht es nicht.
Ich erzähle das doch nicht jedem.
Echt nicht? Verstehe ich nicht.
HUST
Na, egal.
Trinken Sie einen YakOlt mit?
YakOlt?
Oh ja, gerne!
Wie nostalgisch.

Und warum gerade YakOlt?
Tja, wegen Erkältungsschutz?
Ich trinke es schon immer.
HAHA
Wie süß!
Was ist denn daran süß?
Hmm, lecker.
Aber, ob so was Kleines...
... und Leckeres wirklich gegen Erkältung schützt?
Keine Ahnung.
Aber ich habe schon ewig keine Erkältung gehabt.
Dann ist es doch wirksam.
HUST
Ihr Husten, ist es eine Erkältung?

Nein.
Das habe ich mir irgendwie angewöhnt.
Ange-wöhnt?
Ja, meine Bronchial-gefäße?
Daher huste ich so leicht.
Deswegen alles okay, stör dich nicht dran.
Ist das wirklich okay?
Übrigens, haben Sie keine Sachen?
Dein Boss hat mir erlaubt, sie im Lager des Ladens zu verstau-en.
Er ist aber sehr nett zu Ihnen.
Ich werde sie demnächst mit dem Wagen einer Freundin hierher trans-portieren.

...
Wann denn?
Ich helfe natürlich mit.
Übermorgen oder am Donnerstagvormittag wäre gut.
Was?
SCHLUCHZ
UH
UFF
UUUH
W... Warum das schon wieder?

Du bist ein...
... echt netter Typ, Nakajo.
Bitte, hören Sie doch auf zu weinen!
Nicht wegen so was.
Du hast doch...
... keinen Vorteil, wenn du mich aufnimmst...
Herr Kiuchi ...
... hat sie mit Ihnen Schluss gemacht, weil Sie so oft flennen?
Nein, das hat damit nichts zu tun!

WUPP
So, jetzt gehe ich schlafen.
Hey, Moment.
Wie Sie sehen...
... habe ich nur ein Bett und ein Sofa zum Schlafen.
Ich schlafe mit dir im Bett!!
Nein.
Das kommt nicht in Frage.
Bitte auf dem Sofa.
ENTTÄUSCHUNG
Warum sind Sie denn enttäuscht?

Ohne menschliche Wärme kann ich nicht einschlafen.
...
Warum haben Sie sich dann getrennt?
Du bohrst ja ganz schön ...
... in der Wunde, Nakajo.
Ist doch ganz logisch ...
Vielleicht hast du ja recht.
Sie hat mit mir Schluss gemacht, weil sie es nicht mehr mit mir aushielt.

Ich bin an allem schuld.
...
Lieben Sie sie noch?

Ja.
Aber...
... ich muss sie vergessen.

Ich habe mich wohl...
... ganz in ihm getäuscht.
Ich dachte, er wäre ein treuloser Typ, was Frauen angeht.
Weil er im Laden immer eine andere bei sich hatte.
Er war also ein aufrichtiger Typ.

ERLEICHTERT
Konnte er schlafen?
Scheint so.
Ich warte, bis er von selbst aufsteht.

BUFF
Zwei Stunden später
Der wacht ja gar nicht mehr auf.
SCHNARCH
ZZZ
Hallo.
Herr Kiuchi.
Ich gehe zum Waschsalon und...
... kann auch Ihre Wäsche mitnehmen.

Ah...
Okay.
Aber brauchst du nicht.
Ich ziehe dieselbe Unterhose weiter an.
Ist ja ekelig.
Morgen.

Es ist aber schon Abend.
Haha, habe ich lange geschlafen.
Ich hatte einen Traum, da ging es irgendwie um Unterhose waschen oder so.
Es war kein Traum.
Eigentlich wollte ich mich nicht darum kümmern...
... aber ich konnte es nicht ertragen, dass eine gebrauchte Unterhose eines Fremden in meiner Wohnung liegt.
Todesmutig entschloss ich mich sie anzufassen.
Das...
... tut mir leid.
Sind Sie denn so spät eingeschlafen?

Ja, ich weiß nicht um wie viel Uhr.
Aber es wurde draußen langsam hell.
Echt? Ist das so schlimm bei Ihnen?
Habe ich doch gesagt!
Sie sollten schnell eine neue Freundin finden.
Stimmt.
Aber ich lasse es besser für 'ne Weile.

Er hat doch noch Gefühle für sie.
Das war unsensibel von mir.
Gehst du irgendwo hin, Nakajo?
Ja.
Zur Arbeit.
Und was machen Sie heute?
Ich gebe Ihnen besser einen Schlüssel, oder?

Ich komme in den Laden.
Auch heute tritt ein Bekannter auf.
Hast du wie gestern Feierabend?
Ja.
Ob er überhaupt arbeitet?
HEUTE LIVE

Der hat ja direkt eine Frau dabei.
Wo ist er denn aufrichtig?!
Dazu noch so 'ne scheinheilige Bitch.
Das geht mich doch nichts an.
Schlechter Geschmack. Aber egal.
NERV
NERV
NERV
Nakajo, da fehlt noch was.
Hallo?

Nakajo, ein Fassbier!
Oh, was trinkst du? Ich lade dich ein.
Wirklich? Ist das okay?
Dann das glei-che wie eben.
Ach, kannst du noch?
Einmal Heineken!
SCHWUPP
SCHWUPP
Und meins?
Was hast du?
DAMM
Geht das wirklich nicht?

Ich hab's doch schon gesagt.
Zusammen im Bett schlafen geht nicht.
Nur kurz!
Probier es doch mal aus!
Ich hasse diese Redensart.
Es tut mir ja leid, dass Sie nicht einschlafen können, aber...
So kannst du mich nicht abspeisen.
Sag mir den Grund warum!
Sie wissen, dass Sie hier nur geduldet werden?

Ich bin schwul.
Na schön.
Bei dieser Gelegenheit sage ich es Ihnen.

Okay.
Und?!
...
Haben Sie mir überhaupt zugehört?
Moment, ist das etwa der Grund? Warum?
Und ist das denn okay, mir so was zu verraten?
Aber ich habe ihn ja danach gefragt...
Ah!
Verstehe, du hast ja einen Freund.
Dann kann man unmöglich mit einem anderen Typ in einem Bett schlafen.
Das ist nicht der Punkt. Es ist ein persönliches Problem.
Was machen Sie, wenn ich eine Erektion bekomme?

Kein
Problem!

Moment! Was heißt hier »kein Problem«?
Warum kein Pro-blem?
Wenn es so weit ist, helfe ich dir.
Und wenn du magst, spiele ich gerne deinen Freund.
LÄCHEL
Meinen Freund...
Was ist das für ein Typ?

DER GESCHMACK NACH MELONE

präsentiert von
CARLSEN MANGA!

DER GESCHMACK NACH MELONE

DER GESCHMACK NACH MELONE 2

Ich weiß nicht.
Würden Sie sich freuen, wenn ich das Mittagessen zubereite?
Ich würde mich mehr als freuen!!
Ein selbstgekochtes Essen habe ich schon so lange nicht mehr gegessen.
Nicht weinen.
FLENN
Fleisch! Ich will Fleisch essen!
Ich zahle es auch.
Okay, okay.
Ich kann beim Essen erraten, welche Zutaten drin sind.
Was ist das für eine Fähigkeit?
Ah, kannst du mir diese Adresse sagen?
Ich bin so selten in dieser Gegend.
Dann trage ich sie in die »Map« direkt ein.
Übrigens, ich habe dich nie gefragt...
... aber wie heißt du mit Vornamen?

Warum?
Ich dachte, es ist netter, dich damit anzureden.
Ich will nicht mit meinem Vornamen angeredet werden, weil ich ihn hasse.
Das macht mich umso neugieriger.
Bitte nicht.
Ich rede dich nicht damit an, aber verrate ihn mir.
Nein.
Warum? Ich will es wissen! Verrate es mir!
Es ist lästig! Hauen Sie ab!
Kleben Sie nicht an mir!
Auch gestern ...

...
... hat er an mir geklebt und mich ganz viel berührt...
Gestern?
Was war denn gestern ?!
Nichts. So, los! Gehen Sie!
Ich dank dir wirklich.
Kein Ding.
Tut mir leid, dass ich nicht früher konnte.

Du hättest ruhig zu uns kommen können.
Kaya, du wohnst im Elternhaus, das geht nicht.
Also dann.
Okay, tschüs.
GLUCKER GLUCKER GLUCKER
Ich dachte, das wäre nur eine Freundin.
Das ist sie doch.
Abgesehen davon, Sie haben ja keine Möbel.
Ja, ich habe sie entsorgt, als ich zu meiner Freundin zog.
Das war aber radikal.
Und ging es denn lange?
Nh?
Mit ihr!
Ich weiß nicht, so um die drei Monate.

* aus »Sex and the City«

Juhu, dann guten Appetit!
Rindfleisch-Donburi*
Ich weiß nicht, ob es gut schmeckt...
Wie? Es ist lecker.
Hey, es ist super-lecker!!
MAMPF
MAMPF
Oh...
Danke.
Du kannst gut würzen.
Wirst mal ein guter Hausmann.
Wirklich?
* Reisschale mit Rindfleisch-Eintopf
Zucker, Sojasoße, Sake, Mirin*, und...
... dann auch noch so 'ne Art Fond ist drin!
Wow!
* süßer Sake zum Kochen
Woher wissen Sie das?
Kochen Sie etwa?
Hihihi.
Gar nicht.
Eine Zeit lang habe ich mir alle Zutaten von dem, was ich am Tag gegessen habe, aufgeschrieben.
Irgendwann hatte ich diese Fähigkeit.
Haben Sie zu viel Zeit?

Die Sachen von mir stören hier, oder?
Ah, das ist mir alles zu lästig.
Soll ich das alles entsorgen?
Was sagen Sie da? Hören Sie auf.
Holen Sie alles, was Sie brauchen, raus...
... und den Rest verstauen wir im Lager im Erdgeschoss.
Okay.
Hau ruck.

Sag mal, Nakajo...
Was?
Du meintest, dieses Gebäude ist das Büro der Firma deiner Eltern.
Ja.
Was ist das für eine Firma?
Möbel und Einrichtungen.
Wow, cool!
Deswegen hast du in deinem Zimmer so viele gute Möbel stehen.
Gut beobachtet.
Sie haben sie mir einfach reingestellt.
Reingestellt?!
Beneidenswert.
Deine Eltern scheinen echt nett zu sein.

...
Herr Kiuchi, Sie müssen gerade reden.
Sie haben doch viele Leute, mit denen Sie sich...
... amüsieren können und die Ihnen auch helfen.
Äh...
Soll ich sie dir vorstel-len?
So meinte ich das nicht.
Und überhaupt, zu Frauen habe ich eh...

...
Guten Tag.
Oh... hallo.
Ich bin bei ihm zu Besuch.
Deine Mama?
Herr Kiuchi.
Ist gut.

Den Rest bringen wir später runter.
Ver-dammt.
Ich gehe kurz einen trinken.
Ich komme mit!!
Wo willst du hin? Hat um diese Zeit schon etwas auf?
Ein Fami-lienrestau-rant wäre mir auch recht.
Oh nein.
Da warten schon welche.

Was machen wir?
Warten ist auch blöd.
Herr Kiuchi?

* süße Fruchtlimo, meinst mit Melonengeschmack, mit einer Kugel Vanilleeis

Was? Das ist doch kalt.
Egal, habe plötzlich Lust darauf bekommen.
Sie wollten doch Kaffee trinken.
Dieser Laden ist gemütlich.
Verstehst du dich mit deiner Mutter nicht so gut?
Das geht ja übergangslos.
Machen Sie doch eine Pause, bevor Sie so was fragen.
»Nicht gut verstehen« trifft es nicht.
Sie lehnt meine sexuelle Orientierung ab.
Seitdem sie weiß, dass ich schwul bin...
... fühlt sie sich mir bzw. allem gegenüber schuldig.

Ihre Unterstützung ist jetzt ihre Buße.
Deswegen trägt sie all meine Lebenerhaltungskosten.
Ach, deswegen!!
Ich dachte zuerst, dafür, dass du in diesem Live-Musikklub arbeitest, hast du einen guten Lebensstandard.
Hier, Ihre Bestellung.
Danke!
Stimmt, dort bekommt man nicht so viel.
Lohn, meine ich.
Aber wie findest du es...
... dass sie dich aus Schuldgefühlen heraus finanziert?

Ist doch seltsam, oder?
Das ist nichts, wofür sie ein schlechtes Gewissen haben müsste.
Aber ich habe gelernt, dass Eltern und Kinder selten die gleiche Meinung teilen.
Wir haben nicht vor, uns zu verstehen...
... aber da sie es von sich aus tun...
... bin ich so frei und nehme mir, was ich kriegen kann.
Aber das kann ja...
... unmöglich ewig so weitergehen...

Es ist eh damit vorbei, wenn die Firma meiner Eltern Bankrott geht.
Ich muss mir um einen anderen Job Gedanken machen.
Ja, ja.
In unserem Alter macht man sich ständig über solche Dinge Sorgen.
SCHLÜRF
Wir sind doch nicht im ähnlichen Alter!
Sie sind sicher so um die 30. Ich bin aber 25!!
...
Nanu? Du bist ja echt jung.
Redest du mit deinem Freund über die Zukunft?
Nein.
Wahrscheinlich trennen wir uns.
Was?
Warum?
Weil er es nicht mit mir...

... sondern mit anderen treibt...
...
Nein.
Ich habe dich gerade total verletzt, oder?
Keine Sorge.
Er war schon immer beim Sex rücksichtslos und egoistisch...
... und ich habe ihn schon öfter darauf hingewiesen.
Ich hab gesagt, es tut mir weh!
Dann meinte er, er könnte keinen Spaß mehr mit mir haben.
Und habe ihn getreten.
Was ist das denn?
Der ist doch nur schlecht im Sex!
Will er denn gar nicht auf seinen Partner eingehen?
Hey, sprechen Sie leiser...
Heißt das, dass ihr keinen Sex habt?
Tja... kaum.
Hmm.

Ich meine, ich muss nicht alles aushalten.
Wenn aber schon solche Dinge bei uns nicht klappen, ist das problematisch.
Ich glaube, dass es mit uns vorbei ist.
Genau, mach Schluss!
Du wirst einen Besseren kennenlernen.
Wenn das so einfach wäre, wäre das prima.
Aber bei uns ist die Wahrscheinlichkeit gering ...
... mit jemandem, den man liebt, zusammenzukommen. Das ist fast ein Wunder.
Hör zu, Nakajo!
Das gilt genauso für ein Hetero-Pärchen! Wenn's nicht klappt, dann klappt's nicht und andersrum!!
Wenn du gut zu dir bist, wirst du bestimmt...
... jemandem begegnen, der gut zu dir ist.
...

Warum werden Sie so hitzig?
Weil das die Wahrheit ist, Nakajo!
Das, »gut zu mir sein«, verstehe ich nicht ganz.
Du sagtest: »Ich meine, dass ich nicht alles aushalten muss«.
Genau so was ist das.
Man muss nicht sein Herz unterdrücken, um sich dem anderen anzupassen.
Nhhh? Ja...
Du hast es nicht gerafft, oder?!
Und bist nicht mehr bei der Sache.
Das ist der Rat eines Älteren!
Jetzt sind Sie auf einmal älter.
Kann ich mal davon probieren?
Nh?
Lecker.
Siehst du?!

Es kam mir gerade in den Sinn...
... aber dieser Melonengeschmack ist doch ein Schwindel.
Und obwohl es ein Schwindel ist, gilt das allgemein als »Melonengeschmack«.
Das schmeckt doch gar nicht nach Melone.
Stimmt ...
Trotzdem ist das lecker.
Beneidenswert.

Beneidens-wert?
Aah!!
RATAMM
Ich habe ganz verges-sen zum Makler zu gehen!!
SCHHHT
Ich sagte: Ruhe!!
Irgend-wie...
... habe ich heute nur von mir geredet.
Und...

»Aber dafür, dass ich bisher fast immer Single war, war es relativ lang.«
Seine Ex-Freundin hat ihn also gut behandelt.
»Du wirst bestimmt jemandem begegnen, der auch gut zu dir ist.«
Wie war sie?
Und...
... warum hat sie sich von ihm getrennt?
WWW
WWW
PLINK

WUPP
WWW
WWW
WWT
Nhh.
Kalt...
Oh.
Par-don.
STRAMM
Hallo, Sie haben eine Morgen-latte.
Klar, es ist ja morgens ...

Ich habe ihn berührt...
Nh?
Hey.
Was...
Lass mich an dich kuscheln.
Mir ist kalt.
Herr Kiuchi.
Abgesehen davon, du hast doch auch einen Steifen.
Ich kann doch nichts dazu.
Es ist eben morgens.
Fassen Sie mich nicht an!
Bitte...
... lassen Sie das.

Du riechst gut.
Warum ist...
... die Körperwärme eines Menschen so angenehm?
Ach ja.
Am ersten Abend, als er neben mir schlief...

... hat mich seine Wärme ...
... sehr beru-higt.
Auf den Mund ist wohl Tabu.

GLITSCH
Herr Kiu-ch...
SMTSCH
Wirkli...
SMTSCH
Ah.
Wie...

... konnte es sich hierzu entwickeln...?
HAH
HAH
Mist! Das Laken ist schmutzig!
Scheiße, ich muss es waschen!!
Ist doch von dir.
Ich gehe mit dir zum Waschsalon.

Ich wurde von einem ...
... Hetero-Hallodri ...
... vergewaltigt!
Hey, das ist unverschämt!!
Ich habe dich niemals vergewaltigt!!
Ich hab dich doch nicht einmal geküsst!!
Nur die Hände benutzt.
Das Küssen ist okay.
Echt?
Kompliziert.
Sollen wir?
Willst du?
...
Wie können Sie es auch mit Männern tun?
Nakajo, ich wollte dir einfach nur...
... etwas Gutes tun.

Wenn Sie es nur aus Neugier getan haben...
Davon erhole ich mich nicht mehr...
So was tue ich nicht!
Was denkt er nur?!
Ich habe zwar gesagt ...
... dass mich in Zeiten ohne Partner auch mit anderen vergnüge ...
... aber das eben war nicht so was.
Ich wollte etwas für dich tun.
Hör mal...
Bist du gefrustet?
Nein, das bin ich nicht.
Es ist mir nur peinlich.

Ich werde dich niemals verletzen.
...
Was soll das?!
Er sagt mir ganz locker Dinge in einem seltsamen Timing, die ich eigentlich gerne von meinem Freund gehört hätte.

Ich weiß noch...
... gar nichts über ihn.
ZHAAA
Was macht Kiuchi jetzt so?
Nakajo hat ihn bei sich aufgenommen.
Ach ja, sie haben sich ja getrennt.
Nakajo ist doch ein Mitarbeiter von dir.
Sind sie befreundet?
Nicht richtig. Da war ich auch überrascht...
... aber Kiuchi wollte das so.
Für ihn ist vielleicht jemand, der nichts weiß ...
KLING
Guten Morgen.

* Teigbällchen mit Oktopus-Stücken

* herzhafter Pfannkuchen mit Fleisch, Gemüse und Fisch

Ich hörte, du hast Kiuchi aufgenommen?
Ja.
Wollen Sie ihn bei sich aufnehmen?
Ich habe Frau und Kinder...
Das hat der Boss auch gesagt.
Kommt er heute nicht?
Wahrscheinlich.
Weil es regnet, will er nicht raus.
Ken.
Die normalen Takoyaki sind doch am leckersten.
Echt?
Dafür hast du sie aber alle schön aufgegessen!
Ich hatte Hunger.
Das nächste Mal bitte mit Porree.

ZHAA
HUST
HUST
HUST

DER GESCHMACK NACH MELONE

präsentiert von

CARLSEN MANGA!

DER GESCHMACK NACH MELONE

DER GESCHMACK NACH MELONE 3

Gehen Sie bei Regen nie raus?
Nh...
Der Grund scheint eher am Tiefdruck-Wetter zu liegen.
Dann bin ich so schlapp.
Wirst du nicht auch schlapp?
Ich glaube nicht.
Ich will etwas helfen.
Auf die Worte habe ich gewartet.
Beneidenswert.
Soll ich Frühstück machen?
Nein, ich habe eh nichts im Haus.

Nach dem Besuch im Waschsalon wollte ich irgendwo essengehen.
Super! Alles klar.
Dann mache ich mich fertig.
Wow!
Was ist?!
ZUCK

Die erste Nachricht von ihr seit der Trennung...
Oh, deine Ex?
Was schreibt sie?
...
Da sind noch Sachen von mir, die sie mir schicken will.
Kann ich ihr diese Adresse geben?
Ja, okay.
Äh... sende ich sie ihr über Map?
Will sie ihm die Sachen nicht einmal persönlich geben?
...

Nakajo.
Das ist der letzte YakOlt.
Schon wieder!!
Die soll man doch besser abends trinken!
Verdammt!!
SCHRECK
W...W... Was ist los?
Es kommt von draußen.
Ich sagte dir doch, dass du hierbleiben sollst!
Drau-ßen?
Hier unten?
Du hast gesagt, dass du brav sein willst!
Also beweg dich kein Stück von hier!!

Ach, das ist doch der Sohn einer Angestellten meiner Eltern.
Er weint.
Manchmal wartet er da, bis seine Mutter Feierabend hat.
Ich weiß aber nicht warum.
Er weint.
Bitte nicht mitweinen.
Oh.
Was?!

KLONG
Ent-schuldige!!
Idiot!
Verdammt!
Gut, dass es leer war.
DA DA DA DABB
Aber vielleicht war noch was drin...
Was? Was ist das?
Es kam von oben?
Waah.
Oh...
Herr Nakajo ...

Verzeihung, wir haben es fallen lassen.
Und er wurde am Kopf getroffen.
Ich war's! Verzeihung.
Ach, ist alles okay.
Es ist ja ganz leicht.
Er stand ja unter Ihrem Fenster.
Deshalb sollst du dort warten, wo ich es dir gesagt habe.
...
Taiki.
FLÜSTER
Sie scheint nach außen sehr nett zu sein...
SCHRECK
Was?!
SCHSALON ARTHUR
WASCHSALON
GROSSE WÄSCHESTÜCKE VON WASCHEN BIS TROCKNEN ALLES AUTOMATISCH
Warum muss sie es ihm so sagen?

Ich würde ihn in dieser Situation trösten.
Vielleicht hat sie das ja getan.
Warum beschäftigt Sie das so?
Tja.
Mögen Sie Kinder?
Ich bin überrascht.
Das eben hat mich irgendwie abgefuckt.
KLONG
Wollen Sie mal Kinder haben?!
Hm.
Ich habe nicht vor, welche zu haben, aber ich fantasiere schon mal.

Eins ist sicher, ich würde es total verwöh-nen.
Lauter Fotos machen ...
... und würde ihm alles kaufen.
Es ist sicher wichtig ...
... eine leicht zu verstehen-de Liebe zu geben.
Oder das Gefühl, dass es beschützt wird.
Als Elternteil würde ich das ganz bestimmt tun...

Tja, das ist und bleibt auch nur...
... eine Fantasie.
Wenn du magst, werde ich dein Kind, Nakajo!
Nein danke. Sie sind mir zu groß.
Gib mir deine leicht zu verstehende Liebe!
Schnauze.
Mittags menü
11:00 - 14:30 Uhr
A
TAGESMENÜ: SPAGHETTI-SET ¥980
• SPAGHETTI »GROSSE PORTION + ¥100
• SALAT
• KAFFEE / TEE
-SET

Das ist schon ein Mittagessen.
Ich nehme das!
Das Omreis-Menü mit einer Tasse Kaffee.
Für mich bitte auch.
...
Zweimal Omreis-Menü.
TAPP
TAPP
Sie ist ganz anders als die nette alte Dame, die vorher hier war.
Kein Funken von Freundlichkeit.
KLING
KLONG
Wie immer, bitte!
Okay.
Apropos, es geht um die Wohnungssuche.
Oh, sind Sie beim Makler gewesen?

Ja, aber es ist…
… schwierig.
Okay.
Gibt es keine guten Wohnungen?
…
Komisches Gesicht.
Kein Problem.
Es ist ja noch Zeit.
Vielen Dank.

Ich werde dir Miete zahlen.
Wie?
Schon gut.
Was?
Ich sagte doch, die Wohnung gehört meinen Eltern.
Ich zahle ja auch keine Miete.
Was? Wirklich?
Owaa.
Was denn?
Wollen Sie sonst noch was wissen?
FLÜSTER
Wie ist es mit deinem Freund jetzt?
...
Warum schwenkt das Thema plötzlich darauf?
Wir haben doch letztens hier darüber geredet.

Ich habe ihm geschrieben, dass ich mich trennen möchte.
Wow.
Er hat es gelesen, aber nicht geantwortet.
Oha.
Das ist doch blöd. Damit kommt man schlecht zurecht.
Ich find's auch blöd.
Wäre es besser gewesen, es ihm direkt zu sagen?
Vielleicht.
Aber die Sache ist nicht, wie man es ihm sagt...
... sondern, es zeigt, dass er sich nicht der Situation stellen kann.

...
Übrigens, Herrn Okuda war gestern im Laden.
Aha, Ken!
Ich habe ihn schon lange nicht mehr gesehen.
Seitdem sein Kind geboren wurde...
Er hat uns eine neue Kreation von Takoyaki mit-gebracht...
... aber da war statt Oktopus Schweine-bauch drin.
Was ist das denn? Das kann man doch nicht mehr Takoyaki nennen.
TACK
Hier, Ihr Omreis!
Wollen Sie den Kaffee jetzt?
Oder nach dem Essen?
Nach dem Essen, bitte. ♡

* In Japan wird Yakult von Frauen, die Yakult-Ladys genannt werden, nach Hause geliefert.

makito.
GRAAAA
Nakajo.
Haben wir keine Zitronen mehr?
GRAAAA
GRAAAA
Ich hatte doch ganz viele beim Sonderangebot geholt.
Hier sind aber keine mehr.
Sie haben geschimmelt, da habe ich alle weggeworfen.
Schimmel
Schimmel
Was? Echt?
Oh nein!
Das ist doch zu schade.
Ich sagte doch bereits, wir haben nicht so viele Drinks, bei denen wir Zitronen brauchen.
Bitte keinen Großeinkauf von Zitronen mehr!

Mist, sie waren so günstig...
GRAAAA
Nakajo?
Bitte?
Wie klappt's mit Kiuchi?
Was meinen Sie damit?
Tja... gibt es...
... keine Probleme zwischen euch?
Proble-me?
Nicht bei mir. Anfangs hatte er Einschlaf-probleme.
Jetzt schlafen wir ja in einem Bett...

Okay.
Haupt-sache ihr habt Spaß.
Spaß…?
Oh, Spaß ist es also auch nicht.
»Ich werde dich niemals verletzen.«
Na, schlecht ist es nicht.

Gefunden!
ERGIBT CA. DIE 30-FACHE MENGE
ZUM ZU HAUSE MACHEN
POPCORN
NET 150g
Popcorn-Zutat!!
Es ist keine Zutat...
Oder doch...?
Yeah.
Damit können wir ganz viele machen.
Wenn man nicht aufpasst, werden es mega-viele.
Aber wir benutzen doch alles, oder?

Das wird eine irre Menge!
Nein, nein.
Wie?
Eine Menge, die 1cm des Topfbodens bedeckt, reicht völlig aus.
Wie?
Zuletzt hatte ich damit solche Mengen, dass der Topfdeckel nicht mehr zuging!!
WOOOW
Super Preis-Leistungsverhältnis.
Nicht tanzen.
In diesem Park sehe ich nie Leute.

Nicht einmal Kinder spielen hier.
Es gibt ja auch keine Geräte.
Stimmt, eine Schaukel ist ein Muss.
Jeder mag Schaukeln!
Womit würdest du spielen, Nakajo?
Hnn... mit einer Rutsche vielleicht?
Ja, darauf hätte ich Bock.

Chikashi.
Hier...
... das ist für die dritte Etage angekommen.

Das hättest du einfach irgendwo, wo ich es sehen kann, hinlegen können.
WUPP
Ah!
Wir haben uns letztens gesehen, oder?
Richt...
Oh.
Er ist ein Freund.

Aber nicht so, wie du denkst.
3/3

Nakajo.
...
Wenn ich mich so beneh-me...
... sollte ich doch besser ausziehen, oder?
Haben Sie meinen Vornamen gehört?
Der besteht aus dem Schriftzeichen mit der Bedeutung »Eltern«.
Und wird »Chikashi« ausgesprochen.
Was für ein Witz.

Dabei kann ich nicht einmal Vater werden.

Was tun Sie da?!!
Du meintest, Küssen wäre okay.
BUFF
Es hängt von der Zeit und den Umständen ab.
Also, das ist jetzt nicht die Zeit...
Abgesehen davon...
... ist das Päckchen für Sie.

Ah, das ist das, was sie mir noch schicken wollte.
Meine Über-reste.
Nanu?
Ist der Name denn nicht falsch?
Du heißt doch »Shotaro« und nicht »Shota«, oder?
Shota Kiuchi

Was?
Ach so...
Wusstest du über mich...
... Be-scheid?

Mein echter Vorname ist »Shota«.
Vor 15 Jahren wurde eine gewisse Band sehr populär.
LULU
better off
Ihr Debütsong wurde zum beliebtesten Hit des Jahres.
»Shotaro«, der den Song schrieb, war damals in der dritten Klasse der Mittel-schule.
Die Öffentlich-keit pries ihn als ein Genie.

Doch mit dem zweiten und dritten Song...
... verlor die Band an Schwung...
... und irgendwann löste sie sich lautlos auf.
Ich glaube, ich war so 20 Jahre alt.
Es ging damals darum, was aus mir werden sollte.
Aber ich hatte nicht einmal einen Oberschulabschluss.
An Geld hat es nicht gemangelt.
Danach wollte ich Musik als Hobby weitermachen.

Es war irgendwie unangenehm, in meiner Heimat zu bleiben...
...so bin ich hierhergezogen, wo es weder Grün noch Freunde gab.
Dass du mich kennst...
Du warst doch damals zehn Jahre alt oder so.
Aber den Debütsong haben alle gehört.
Ich dachte, es wäre eine Ehrensache, dich nicht anzusprechen, selbst wenn man dich erkannt hätte.
Machst du noch Musik?
Bei uns siehst du dir nur die Live-Auftritte an.
Oder kommst zum Trinken.
Tja, es ist so...
Ich kann keine neue Musik mehr schreiben.

Die Resonanz auf meinen Debütsong war so groß...
... danach wurden alle neuen Songs mit dem verglichen.
Der Druck war immens.
Vielleicht war gerade die unreife Sinnlichkeit, oder der geringe Wortschatz, der Schlüssel zum Erfolg gewesen.
Ich fühlte, je mehr Erfahrungen und Wissen ich hatte ...
... desto weniger gab es Dinge, die ich zu einer Form bilden konnte.

Das machte mir solche Angst...
... dass mir nichts mehr einfiel...
... selbst nachdem ich es als Hobby machen wollte.
Aber hattest du keine Geldsorgen?
Tja...
Ich bekomme jetzt noch durch Karaoke und anderes Tantiemen.
Echt?!
Wahnsinn.
Boah!

Ach so. Dann ist doch alles okay.
Ich habe mich schon gefragt, was du arbeitest.
Das heißt doch, du kannst deine Brötchen mit der Musik verdienen.
...
Aber ich...
... tue gar nichts.
Über zehn Jahre lang habe ich...
... nichts mehr geschrieben...

So ist es also...
Er ist ein Mensch...
... der nicht mehr Dinge tun kann...
... die er tun will.

DER GESCHMACK NACH MELONE

präsentiert von

CARLSEN MANGA!

DER GESCHMACK NACH MELONE

»Über zehn Jahre lang habe ich ...«
»... nichts mehr geschrieben.«

Ich kann mir überhaupt nicht vorstellen...
... wie er sich fühlt.

Wahrscheinlich
wäre es für mich
besser gewesen...

... wenn ich
ihn nicht ge-
kannt hätte.

Moin!
Wie? Du bist früh auf.
Nein, nein. Du bist heute spät dran.
Es ist schon kurz vor Mittag.
Hat der Wecker nicht geklingelt?
Weiß nicht mehr.

* Japanisches Lunchpaket

** mariniertes und frittiertes Hähnchen *** gefüllte Teigtaschen

Du kennst dich hier mittlerweile besser aus als ich.
Hahaha.
Kennst du dann bei dem Thai-Restaurant...
SCHRUBB
SCHRUBB
Hnn nh nh ♪
Nhh nh nh nh ♬
Was ist das für ein Lied?
Ein schnell improvisiertes Bad-Putz-Lied.
So was schaffe ich noch.

Hihi.
Nh nh nhh n ♪
Übrigens, in letzter Zeit ist es besser geworden.
Was?
Dein Husten.
Stimmt!
Ich habe in den letzten Tagen nicht mehr gehustet.
Ist doch super.

Woran liegt das?
Ich dachte, du hättest es dir angewöhnt.
Vielleicht, weil ich keinen Stress hab...
Hat das was damit zu tun?
Ähm, das vermute ich nur.
Dann...
... hast du gerade keinen Stress.
Was?
Du etwa?!

Nein...
Ich auch... nicht.
Sag mal, wo hast du diese Körperseife gekauft?
Was?! Ich bin verlegen ...
Was ist das für eine Atmosphäre?

Mir gefällt der Geruch schon die ganze Zeit.
Ja?
Ich hab keine Ahnung.
Was? Obwohl es so schön duftet!
Wonach riecht das?
Ah, da steht es ja.
Cucumber ...
Melon.
BODY SOAP (cucumber melon)
Melone, die du nicht magst.
Ganz so ist das nicht.
Was ist noch mal Cucumber?
Gurke.

Ich glaube, das war ein Mitbringsel eines Freundes.
Was?
Ausland?
Glaube ich.
Dann gibt's ja keinen Nachschub mehr.
So ist es.
Oh, nein. Ich möchte es kau-fen.
Im welchen Land war er? Fragst du ihn?
Du bekommst es sicher überall.
Gefällt es dir so gut?
Ja.
Lass uns doch auch mal zusammen verreisen.

Mit mir? Ist das okay für dich?
Keine Frau?
Eine Auslands-reise mit dir ist doch super.
Nur wenn du mich mitnimmst.
Natürlich gratis.
Echt lustig.
Du bist wie ein Geliebter.
Na gut, dann über-nehme ich die Flugtickets.
Und ich die Kosten vor Ort.
Super. So ma-chen wir es.

Ich glaube nicht, dass wir...
... je zusammen reisen werden.
Meinst du? Wart mal ab!
Wo warst du bisher im Ausland? War es gut?
Tja... ich war noch nicht oft weg...
... aber Taiwan...
... und Frankreich haben mir gut gefal- len...
BUMM
BUMM
BUMM

Schlägt da nicht jemand gegen die Wohnungstür?
BUMM
BUMM
Ich schau mal.
Etwa dein Ex?
Ach wo.
RATSCH
Bitte?

Wa-rum...
... kommst du plötzlich her?
Verzeih ...
Du liest meine Nachrichten nicht und gehst auch nicht ans Telefon. Da dachte ich mir, ich komme her.
Ich habe nur geputzt ...
... und du hast ja auch meine Nachrichten ignoriert.
Das tut mir auch leid...
HUCH

Das ist also der Grund?
Du hast schon einen neuen Kerl...
Nein, nein, nein!
Ich bin nur einer, der kurz hierbleiben darf.
Nakajo.
Ich bin jetzt weg.
Herr Kiuchi, ist schon gut.
Wir haben nichts mehr zu klär...
Nein, nein.
Er ist extra für dich ge- kommen.
Redet richtig miteinan- der!

TAPP
TAPP
TAPP

H...
Hallo.
NICK
Du wartest doch auf deine Mutter, oder?
Wartest du lieber vor der Tür als drinnen?
SCHOCK
FPT

...
Möchtest du so lange mit mir spielen?
Nein.
SCHOCK
FPT
Okay.
Dann...
... pass auf dich auf.
Geh nicht mit Fremden weg!

HUST

WWW
WWW
WWW
WWW
WWW
WWW

H... Hallo?
Nakajo?
Es tut mir leid, Herr Kiuchi.
Wir sind jetzt fertig.
Wo bist du?
Was?
Äh...
Im Park.
Kann ich denn wieder zurück?
Ja. Bitte sehr.

»Bitte sehr«...
...

Wah!
ZUCK
Nakajo?
Hallo.
Warum sitzt du hier?
Wir haben hier ge-redet...
... und danach wollte ich nicht mehr zurück ins Zimmer.

Alles okay?
Bin...
... ich...
... denn schuld?
Ich hätte seinen Stolz verletzt.

Er meinte, wenn ich auch ein Mann bin, dann müsste ich es verstehen.
3
Was? Moment mal.
Ist dein Ex etwa gekommen, um dir das zu sagen?
Nicht, weil er sich wieder mit dir vertragen will, oder so?
Zusammengefasst...
... sagte er: »Wenn du es bereust, werde ich es nicht mehr...«
»... mit anderen Kerlen treiben«.
Und was willst du tun?
Es ist klar vorbei...

Irgendwie...
... ist es verdammt einseitig.
Denkt er überhaupt über deine Gefühle nach?
Er ist dumm.
HAHAHA
...
Der Grund, war- um es mir so zusetzte ...
... war nicht, dass er es auch mit ande- ren Kerlen treibt...

... sondern, dass er es nicht mehr mit mir tut.
Verstehe.
Du bist ein-sam, nicht wahr?

Trotzdem liebte ich ihn.
Warum entwickelt es sich...
... zwischen mir und jenen, von denen ich einfach nur ganz normal geliebt werden möchte, immer so?
Geliebter ...
... oder Eltern...

...
Nh?
Tut mir leid.
Ich hab es...
... nicht gesagt, um Mitleid zu bekommen.
Nakajo.

Lass uns uns ausziehen und zusammen ins Bett legen.
Äh...
Bitte?
Ich war jemand, der ihn nicht kannte.

Fortsetzung folgt

DER GESCHMACK NACH MELONE

präsentiert von
CARLSEN MANGA!

DER GESCHMACK NACH MELONE

Blue Flag
KAITO
1
CARLSEN MANGA!
AO NO FLAG © 2017 by KAITO / SHUEISHA Inc.
Blue Flag
KAITO
Der Frühling des letzten Schuljahres, ein Wendepunkt im Leben
Taichi Ichinose kommt im dritten Jahr der Highschool mit der tollpatschigen Futaba Kuze und dem Mädchenschwarm Thoma Mita in eine Klasse. Während er mit Thoma schon seit der Kindheit befreundet ist, kann er Futaba aus irgendeinem Grund nicht leiden.
Dann offenbart ihm Futaba eines Tages, dass sie in Thoma verliebt ist, und bittet ihn um Unterstützung…! Welches Gefühlschaos erwartet die drei Helden…?!
Eine Highschool-Romance der etwas anderen Art!
CARLSEN MANGA!
www.carlsenmanga.de

moving forward
Nagamu Nanaji
Ein Mädchen –
ein Lächeln – ein Blog
Kuko, 15, prescht voller Energie durch ihr Leben im malerischen Kitano-Viertel von Kobe. Sie bloggt über ihren Teenageralltag und weder ihr Vater noch ihre Freunde ahnen, was Kuko wirklich auf der Seele liegt: Die Frage nach dem Sinn des Lebens.
Leidenschaft & Freiheit!
Eine starke Heldin blickt nach vorn, mit einem Lachen!
Nagamu Nanaji
1
moving forward
CARLSEN MANGA!
ARUITOU © 2011 by Nagamu Nanaji / SHUEISHA Inc.
CARLSEN MANGA!
www.carlsenmanga.de

DER GESCHMACK NACH MELONE
ist ein japanischer Comic.
In Japan liest man von »hinten« nach »vorn« und von rechts oben nach links unten, also einfach spiegelverkehrt.

Viel Spaß mit
DER GESCHMACK NACH MELONE

Wir produzieren nachhaltig

- Klimaneutrales Produkt
- Papiere aus nachhaltigen und kontrollierten Quellen
- Hergestellt in Europa

MIX
Papier | Fördert gute Waldnutzung
FSC® C083411
www.fsc.org

CARLSEN MANGA * Deutsche Ausgabe/German Edition © Carlsen Verlag GmbH 2023
Völckersstraße 14-20 · 22765 Hamburg

Aus dem Japanischen von Mathilde Schmitz

First published in Japan in 2021 by TAIYOH TOSHO Co., Ltd., Tokyo
German translation rights arranged with TAIYOH TOSHO Co., Ltd. Through Tuttle-Mori
Redaktion: Britta Hellwig
Herstellung: Derya Yildirim

ISBN: 978-3-551-80034-3